これもあれも些事

Oishi Hiroshi

大石坦句集

東京四季出版

序句　ハンカチの白きにひるむ男かな　冨士眞奈美

これもあれも些事◉目次

解説

装幀　髙林昭太

句集　これもあれも些事

春

早春の光生まるる丘に立ち

果てしなきシベリアなりし雪解かな

ふと妻に甘え心や春の風邪

少し背を伸ばして歩く梅日和

柔らかき雨に昏れるや梅の宿

梅林を抜け大坊に詣でけり

さりげなく妻を誘うて梅見かな

日溜まりと猫とかがみし梅見かな

祝ぎごとの叶ひし宮の梅真白

下萌や飛鳥に多き謎の石

背伸びせず老いに任せし梅見かな

プラハより国境はるか下萌ゆる

忘れ物届けて雛の客となり

夫婦雛背中合せに納めけり

腕白の居住ひ正し雛の客

春雪のベール脱ぎけり千枚田

バスを待つ傘の重たや春の雪

黒々と多摩川の流れや春の雪

春めくと思へば軽き歩みかな

春泥を拭ひ投票すませけり

知らぬ娘に父と呼ばれし朧かな

飯事の椀に盛られし土筆かな

こんな夜はひとりもよろし朧月

水温むガラス戸拭いて庭掃いて

光るもの日に日に増して弥生かな

人ごとのやうな傘寿や春の風

大仏の胎の闇抜け春の水

丸薬を舌に転がし春の風邪

見はるかす関東平野麦青む

音立てて春の流れの生まれけり

春泥や押し合ひながら塾帰り

春風や尾まで柄ある麒麟の子

薄氷の岸より割れし杖の先

花鋏より早春のリズムかな

薄氷や手渡すごとに薄くなり

よき昔ありし旧居の春惜む

初花や朝よりふえし花の数

肩書を捨てたる肩や花吹雪

公園の坂よりしだれ桜かな

花吹雪天空橋を越えにけり

背に一人両手に二人花疲
咲き満ちし花の力の漲りし

駆けて来るうちの子どの子花の山

老いになほときめくものや花吹雪

押されつつおかげ横丁花吹雪

花吹雪走りゆく子も風となり

三ツ池の土手も水面も桜かな

矢印に沿ひて連れ歩す桜かな

一病を仏に託し花の旅

真中に嬰児寝かせ花筵

海に降る花たちまちに海の色

潮満ちて花の塵のせ藻屑のせ

円心の天より枝垂桜かな

蝌蚪生まれ古都の小池の賑はひ

覗く子も見上げる蝌蚪も初対面

蝌蚪の水小さき手より溢れけり

麗かやわれもわれもと股覗き

教室に子らの拾ひし子猫かな

ピカピカの子を先頭に入学す

摘みながら土筆料理の話など

里帰り身籠りし子の朝寝かな

障子穴より犬覗く春の風邪

江戸好みお仙の茶屋の桜餅

給食のミルクを貰ふ子猫かな

恋語る手話の指先あたたかし

定置網ゆつたり揺られ春の海

うららかや足湯に並ぶ白い足

拾はれし子猫今では庭の主

菜の花や友と肩組む童歌

幼児の肌に優しき春の芝

吠えられて遠足の列乱れけり

嬰児にまづイースターエッグかな

海棠のもつれて紅をこぼしけり

買手待つ若狭の海の干鰈

磴百段彼岸桜を眺めつつ

手に止まり恐れを知らぬ春の蠅

民宿の客も蓑着て茶摘かな

永き日を余さず歩きたる疲れ

春眠や夢を弄る貘の鼻

夏

あこがれし三笠砲台初夏の海

夏の海玻璃に余りしレストラン

夏の灘二つに分けし岬かな

力ある風にはねし尾鯉幟

病棟のどの窓からも鯉幟

顔隠しパンダも人も昼寝かな

買手待つ風待つ加須の鯉幟

健やかに老いてほどよき菖蒲風呂

江戸造り伊勢造りあり花菖蒲

卒寿には負けじと傘寿街薄暑

仲見世に逃げ込む三社祭かな

友の遺児神職を継ぎ祭継ぎ

本郷に残る下宿屋樟若葉

梅雨の憂さ笑ひとばせし河童の絵

梅雨深しまいまいず井戸闇も又

梅雨に入る居間に香焚き籠りけり

遊園地まだ濡れしまま梅雨晴間

梅雨明と思ふ墓苑の空晴れし

押し流しあつけらかんと梅雨明け

土塁沿ひ風の道沿ひ梅雨の蝶

節々の疼き始めしついりかな

美しき砂に闇秘め蟻地獄

死はいつも身近にありて蟻地獄

父の日を気付かぬ父の背を流し

山門をくぐれば浄土夏木立

万緑やどの道からも登校児

万緑の底を夫押す車椅子

信濃路の焚くにまかせし夏炉かな

街騒と海を隔てし夏木立

はけの径緑蔭づたひ川づたひ

パレードを待ちし銀座の薄暑かな

緑蔭にゐて緑蔭を忘れをり

夏霧やスカイツリーの高さより

夏の蝶眩しき影を引きながら

蛇出るや草の波打つところより

一病を持つ者同士の暑気払ひ

田の水に流されまいと目高かな

水鉄砲出会ひ頭に撃たれけり

父を抜き大人サイズの貸浴衣

駒並べ湯上りを待つ浴衣の子

向日葵の水当番や父連れて

爆音を聞きつつ今日は原爆忌

缶ビールよりはじまりぬ小さき旅

空よりも海の明るき半夏生

若葉より富士山麓の始まりし

木洩れ日の斑を拾ひつつ白日傘

サングラス取りて授乳の貌となり

日傘さす妻と歩調を合せけり

道しるべ茅花流しの中に立つ

道をしへ名主の滝へ稲荷社へ

持ち出してギャングごつこのサングラス

祭礼の提灯ともす駐在所

水打つや路地に夕べの生まれけり

男梅雨船も港も洗ひ上げ

子育ての汗の記憶や孫育て
知らせたきことふと忘れ茗荷汁

言ひ訳の余地なき汗を拭ひけり

竹林の風の寄りくる端居かな

睡蓮の花の閉ぢゆく静寂かな

亀の子をひつくり返し拗ねてをり

睡蓮や水かげろふのレストラン

麴味噌ちよつぴり添へし甘酒屋

小指より開けて落蟬見せくれし

戦死者は皆無名なり落し文

草取をすませてよりの坐禅会

名水の桶より掬ふ　心太

掌に受けて頬にもあててさくらんぼ

子らの唄聞かせ育てし胡瓜かな

湿原の光となりぬ花藻かな

園奥の一樹明るき山法師

妻と来しこの灯台の土用波

盆の僧津波の村をめぐりけり

離陸機の行く手に高し雲の峰

婿となる人かも知れず初鰹

朝凪や吃水浅き自衛艦

裏木戸を開けて蜜柑の花の中

空蟬やなほ登りゆく姿見せ

障害の子の手に余る実梅かな

女教師の腕捲りして実梅打つ

秋

古書漁る学生街の秋暑し

アメリカの友より便りけさの秋

波の藍砕けて白し秋の浜

山門に風の道ある九月かな

秋風や昔栄えし米屋敷

新涼の風に目覚めし朝かな

秋晴やすべてが叶ふやうな空

秋天に時の鐘聴く小江戸かな

秋冷や苔むす五百羅漢たち

湯上りの妻の匂ひや秋の夜

ふるさとに置き忘れたる秋扇

カンツォーネ聞きてローマの月夜かな

寄宿舎の大きな窓の月見かな

少年の父越す夢や天の川

ダム近き家に貰ひ湯良夜かな

廃業の庭師の庭の薄紅葉

柿紅葉重なり揺るる潦

不揃ひの故里よりの蜜柑かな

手花火ややたらにマッチ擦りたがり

新涼の影に背筋を伸ばしけり

読書の灯消して暫く虫時雨

新涼や撫でし萩焼肌白し

落ちてなほ一声残し法師蟬

雑木山より始まりし紅葉かな

大きめの西瓜冷やして子等を待つ

風神のかつと目を剝く野分かな

辞書を引き又引き直す夜長かな

カナダより娘のたよりの秋の夜

這ひ這ひの忽ち歩む秋日和

招かれしままごと膳の赤まんま

蓮の実の飛ぶまで待てずバスに乗り

秋灯下眼鏡二つを使ひ分け

秋草や遊女悲恋の廓跡

秋草や嫋やかにして逞ましき

濡れながら萩のトンネル潜りけり

懸崖の幾千を着て菊人形

コスモスやみな覗きゆく乳母車

草虱遅刻の訳を聞かずとも

蟋蟀や忍者屋敷の隠れ部屋

尻取りの寝息に変り虫の宿

虫売の水吹き掛けて鳴かせをり

校庭の隅にこつそり虫の墓

少年の心湧きけりばつた捕り

母の声丘に数増す赤とんぼ

風に乗りダム湖渡りし秋の蝶

幼児に手を引かれつつ敬老会

待望の女児の生まれし十三夜

生きてをり生かされてをり爽やかに

ふるさとを捨てし我が身に稲匂ふ

鰯雲引き連れながら下校の子

鰯雲いつか穂高は雲の中

爽やかに紅さし給ふ秘仏かな

敬老日何が欲しいと聞かれても

敬老の日や生かされて生きてをり

補陀落の海の青さや曼珠沙華

厨より墓地の近道曼珠沙華

昔日の女人結界曼珠沙華

クレヨンの赤使ひ切り曼珠沙華

吹かれつつ土橋渡れば櫨紅葉

鎮魂の海に始まる鰯雲

教会の尖塔見ゆる花野かな

障害の子らの力作文化の日

稲架に群れ人を恐れぬ雀かな

虫を待つ己とうつぼかづらかな

乾坤を貫く銀葉黄葉かな

身に入むや被爆の船の釘の錆

おくるみの小さき欠伸小鳥来る

腕白の今は肝煎浦祭

すわり良き野菜並べぬ迎へ盆

身に入むや由来ゆかしき鯨塚

引き留めるほどにはならず秋出水

露けしや閉ざされをりし芭蕉堂

甲斐路より信濃に越えし稲の秋

師の声のして振り向けば小鳥来る

露けしや古墳の跡の屋敷神

黄門に家来二人の案山子かな

身に入むや施設の主となりし母

さあさあと老いを連れ出す秋日和

連合ひといふ佳き仲や萩と風

冬

冬めきて机の向きを替へてみし

俄雨逃げ込む先や一の酉

茶の花の道の行き着く父母の墓

山茶花や老いにやさしき谷戸暮し

立冬や生きて越すもの越さぬもの

子は鳩を母は子を追ふ七五三

頼まれしカメラの先の七五三

側室の墓より続く冬紅葉

腕白の若殿ぶりや七五三

金閣の池の底なる散紅葉

真青なる空押し開き銀杏散る

日の落葉たちまち風の落葉かな

躓きし石に物言ふ小春かな

水底の影遅れゆく落葉かな

柿落葉流されつつも沈みけり

討入りの日とは思へぬ小春かな

冬牡丹花の重さにしなりけり

藁苞を風吹き抜けし寒牡丹

病みて知る人の情けや冬薔薇

冬木立透かし五重塔仰ぐ

文化の日博士の遺品眺めをり

小さき手に懐を貸す寒さかな

むらさきの富士を残せし冬霞

冬枯の中を一筋はけの水

風花の中より響く時の鐘

冬紅葉弁天堂の闇浄土

雪吊の綱八方へ放たれし

寒の水かけて大師の像拝す

病人に泣かれて帰る初時雨

銀杏散る瞼閉ぢても開いても

手作りの勲章母の文化の日

釣つて来し河豚食べるかと聞かれても

着ぶくれて転ぶ転ぶと言ひ転ぶ

着ぶくれてファッションの街巡りけり

小止みなく音せし妻の柚子湯かな

ポインセチア部屋の隅まで日の匂ふ

歳晩の銀座八丁買はず歩す

歳末の荷解く銀座の裏通り

光りつつ海より師走やつて来し

傘寿まで書ける三年日記買ふ

夢一つ消し一つ消し日記果つ

また一つ闇の底より除夜の鐘

年の瀬や仕事途中の見舞客

雪合戦より始まりし三学期

病床の朝の楽しみ冬の富士

患者皆廊下に待ちし掃納

日を集め蕊輝きし冬牡丹

豆撒や出を待つ鬼の控室

鬼やらひ校長の鬼追はれけり

朝市の売子の髪の野水仙

毛糸編む妻の隣で辞書を引く

山荘に着きて蒲団を干しにけり

裏山の小雪海より晴れて来し

心置くやうに影置く落葉かな

木の葉雨森にリズムの生まれけり

憂さ忘れ老いを忘れて納め句座

新年

初鶏や日本平は目を覚まし

鐘の鳴る丘の教会初御空

黙禱の歓声となり初日の出

恙なく母住まふ方恵方とす

嬰児をあやしてよりの御慶かな

すれちがふたび園児らの御慶かな

孫の絵の賀状の鳥の脚多し

駿河路や初富士見ゆる所まで

父と子の声の似て来し初電話

三代の教師揃ひて屠蘇を酌む

地中より光ほのかに福寿草

春着きてちょっと長生きしてみよか

遠山の空に始まる初山河

母の真似して紅を引く初鏡

初句会なれば昼酒許されよ

七草を摘み民宿の朝の粥

句敵を酔はせてよりの初句会

障害を庇ひ合ひつつ初句会

伊豆の湯の静寂を破る出初かな

改まり名乗りの声や初句会

母と子の帯結び合ひ女正月

成人式障害の子の晴れ着かな

初雀弾みし根津の能舞台

初護摩の人より高き炎かな

初富士やこの世のこれもあれも些事

初売の明るき声も買ひにけり

正月の凧競ひをり河川敷

初刷の手にずつしりと匂ひけり

職退きて賀状の束の音軽し

待春やゆるやかに癒ゆ顔の疵

墨の香や快晴と書く初日記

女手の増えし厨や初笑

初ミサの鐘一村に鳴り渡り

初髪の子を人妻として迎へ

学問は我慢すべしの初みくじ

初仕事庭師の探す石の貌

寒稽古まづは太鼓の一打より

跋

この度大石坦さんが第二句集を上梓されることになった。坦さんが俳句を始められてから四半世紀、日々の精進は次々とよい句を生み、私たち仲間を唸らせた。そして第十五回「俳句四季」全国大会の冨士眞奈美賞を取られた。

初富士やこの世のこれもあれも些事

の句である。坦さんは長年、障害児教育に携わってこられた。世のあれこれの大変な部分を誰よりもよく体験されておられる方だ。そう思うと更にこの句の素晴らしさが胸に迫るのである。

障害を庇ひ合ひつつ初句会
成人式障害の子の晴れ着かな
障害の子の手に余る実梅かな
障害の子らの力作文化の日

一筋に励んでこられた教育者の目差は温かく優しい。現在も障害者と共におこなう俳句会の一人として惜しみなく働いて下さる。傘寿を過ぎられた今もなのである。

背伸びせず老いに任せし梅見かな
人ごとのやうな傘寿や春の風
健やかに老いてほどよき菖蒲風呂
卒寿には負けじと傘寿街薄暑
敬老の日や生かされて生きてをり

山茶花や老いにやさしき谷戸暮し
傘寿まで書ける三年日記買ふ
憂さ忘れ老いを忘れて納め句座

いや、傘寿とか老いとかいっておられても本当は「人ごとのやうな」思いなのである。「背伸びせず」「健やかに老いて」「卒寿には負けじ」と暮らしておられる。今年の初め彼はいわれた。

「また勉強をしようと思いますので今日の句会は少し早く帰らせて下さい」

まことに見上げた心掛けと思う。

早春の光生まるる丘に立ち
春めくと思へば軽き歩みかな
こんな夜はひとりもよろし朧月

坦さんの句はナイーブである。

光るもの日に日に増して弥生かな
音立てて春の流れの生まれけり
花鋏より早春のリズムかな
顔隠しパンダも人も昼寝かな
緑蔭にゐて緑蔭を忘れをり
水打つや路地に夕べの生まれけり
湿原の光となりぬ花藻かな
波の藍砕けて白し秋の浜
秋晴やすべてが叶ふやうな空
日の落葉たちまち風の落葉かな
水底の影遅れゆく落葉かな
銀杏散る瞼閉ぢても開いても
光りつつ海より師走やつて来し
地中より光ほのかに福寿草

「早春の光生まるる丘」そんな丘に立ちたいと思う。ぼんやりとかすんだ月は春らしい。いいではないか。「ひとりもよろし」と大切な家族があるからこそいえる強がり。陰暦三月の異称、弥生「光るもの日に日に増して」の措辞のよろしさ。ベンチでちょっと昼寝しているサラリーマンもパンダも「顔隠し」ていることに気付いた作者。どの句も自然のままに詠っていながら読者の共感を呼ぶ。

花吹雪走りゆく子も風となり
押されつつおかげ横丁花吹雪
花吹雪天空橋を越えにけり
背に一人両手に二人花疲
海に降る花たちまちに海の色

花といえば桜の花のことをいうのは誰でも知っていることだが、坦さんの「花」を少し上げて見たい。「花吹雪」も「走りゆく子も風」、きっと淡い桜色の風が子を包んでいるのであろう。「おかげ横丁」「天空橋」の地名の良さ。ことに羽田空港の入口、天空橋は飛行機も花吹雪も越えて行くのだ。「背に」「両手に」全部で三人、お孫さんでもあろうか。「花疲」を諾わずにはいられない。どっと海に散りこむ花はすぐ「海の色」になってしまう。どの句もしっかりとした観察を見事な句にされた。

ふと妻に甘え心や春の風邪
湯上りの妻の匂ひや秋の夜
毛糸編む妻の隣で辞書を引く
里帰り身籠りし子の朝寝かな
待望の女児の生まれし十三夜
女手の増えし厨や初笑
子育ての汗の記憶や孫育て

家族が皆教育の道を歩んでおられる坦さんの羨ましいような家族愛。

坦俳句の源泉はここにあるのであろう。
益々のご健吟を祈り、『これもあれも些事』のご上梓のお祝いを申しのべたいと思う。

平成二十七年十月吉日

河野美奇

解説

春

金沢風花

大石坦さんは、大学の同級生として、私も一緒に障害児教育を学んだ。その後六十年にわたり、教育や俳句の友として、ご交誼を頂いている。句の傾向は誠に明朗快活であり、お人柄がにじみ出ている。

梅林を抜け大坊に詣でけり
祝ぎごとの叶ひし宮の梅真白

早春の明るい風景の中に、さそい込まれるようである。お宅の近くには湯島天神もあり、お孫さんを抱いての梅林の様子が浮かんでくる。

咲き満ちし花の力の漲りし
老いになほときめくものや花吹雪

傘寿の坂を越えてなお、元気で人生を楽しんでいる。この元気を少し分けて頂きたいものである。

春雪のベール脱ぎけり千枚田
民宿の客も蓑着て茶摘かな

坦さんは、奥様とご一緒に、よく旅に出かける。能登半島の千枚田は、全国に知られた風景で、テレビなどでもよく取り上げられている。雪解けの頃の、この情景には、心はずむものがある。又お茶の産地静岡は、坦さんの古里でもある。茶摘の頃の古里への旅は、一段とうれしい。背景に富士を配したこの風景に、自然と唱歌が、口からこぼれる。

果てしなきシベリアなりし雪解かな

プラハより国境はるか下萌ゆる

海外旅行もまた坦さんの大好きな趣味のひとつで、夫婦で、アメリカ・イギリス・イタリア・中国等世界十数ヶ国の都市を訪問し、俳句づくりも楽しまれた。シベリアの大地を越えて、はるばると来た東欧の古都プラハの旅の情景が思い起される。

人ごとのやうな傘寿や春の風

春眠や夢を弄る獏の鼻

何事も些事「坦悠悠」の近況である。

夏

牧島ミリ

大石坦先生が、句界を登り詰め、何事も些事と言い切れる境地に達したことに感嘆。都立学校退職校長会に「霜月会」の句会があり金澤四郎先生の手厚い御指導で大小の雛が育っていった。大石先生は現役の校長時代に同僚の俳句の由利雪二先生にも巡り会い大いに研鑽された。又、大石先生は退職校長会の役員として卓抜した力を発揮、本会の三十周年記念講演に芦屋大学学長奥田眞丈先生の愛弟子として、先生をお迎えしていただき会を盛会にもり上げ、本会の名声が広まった。

今年の年賀に「初富士やこの世のこれもあれも些事」と言い切り、添えて「平成の春日局になれ」の叱正が心に沁み偉大な先輩と感動。

ここにおこがましくも句の解説となった。

あこがれし三笠砲台初夏の海

朝凪や吃水浅き自衛艦

夏の灘二つに分けし岬かな

美丈夫の体軀で青春の日はさだめし。日本男子のたぎる血が今も息づいている。

卒寿には負けじと傘寿街薄暑

老いて益々盛んな心意気、区の高齢者大学（二年制）に仲間と机並べて昔に帰る若さ。

梅雨の憂さ笑ひとばせし河童の絵

健やかに老いてほどよき菖蒲風呂

山門をくぐれば浄土夏木立

人生の山坂を越え万物をいとおしむ心が滲む。

女教師の腕捲りして実梅打つ

障害の子の手に余る実梅かな

教育者として子等の成長を見つめた現役時代の姿は愛情に満ちている。

仲見世に逃げ込む三社祭かな

友の遺児神職を継ぎ祭継ぎ

祭礼の提灯ともす駐在所

祭礼は人々の心を一つに結び語り継ぐ。

水鉄砲出会ひ頭に撃たれけり

小指より開けて落蟬見せくれし

老爺となり孫をいとおしむ心が溢れている。

日傘さす妻と歩調を合せけり
妻と来しこの灯台の土用波
サングラス取りて授乳の貌となり
万緑の底を夫押す車椅子

夫となり父となり人間愛が渦となる。

秋

大南英明

障害の子らの力作文化の日

坦さんは、障害児の教育一筋に、精魂を傾け、生きてきた方である。坦さんとの出会いは、昭和三十年代の後半、坦さんは、小学校特殊学級の担任、私は、中学校特殊学級の担任の時で、東京都特殊教育研究会の例会の後、先輩の方々と盃を酌み交わしたことが幾度もあり、その席で親しくしていただいた。後年、祝い事の席などで、自作の句を披露されているのを聴きながら素適な趣味をおもちなのだと感心した。

寄宿舎の大きな窓の月見かな

坦さんは、養護学校の教頭、校長を永く務められ、寄宿舎のある学校での苦労を十五夜の月に託して巧みに表現している。同じ養護学校で、坦さんは第七代校長、私は第八代校長として勤務したことから、この句から共通の思いが蘇ってくる。

不揃ひの故里よりの蜜柑かな

故里、駿河の風物、味を思いおこしながら詠まれたものであろう。「ふるさとを捨てし我が身に稲匂ふ」と並べて鑑賞すると、坦さんの故里への想いがより鮮明になる。

湯上りの妻の匂ひや秋の夜

坦さんの奥様も障害児の教育に精魂を傾けられた方で、小学校の特殊学級担任時代、二人は同じ学校に勤務されていた。
日常的なさりげない雰囲気の中で、伴侶の存在を感じる何ともロマンティックな句で、秋の夜長のおとなの時間である。

這ひ這ひの忽ち歩む秋日和

孫の成長のはやさに嬉しさいっぱいの思いが伝わる。子育てのせわしさの中では、子どもの成長をじっと眺めるゆとりはない。

坦さんの句は、歳事、家族、障害児（者）を題材にし、人の姿、心をたくみに詠んでいる。細かい観察と温かい心がある。

生涯をかけて今日ある菊作り

最近届いた手紙の中の一句である。坦さんの永年の思い・想いが凝縮されている。

冬／新年

由利雪二

校長時代の坦さんの句が好きで、読むのが楽しみだった。そこには子どもの活動している世界が溢れていた。退職してからは、子どもに出会えないから仕方がないだろうが、子どもの表情を映し出した作品が減っていった。そう嘆いていた。

ところがである。今回、句集を編むという事になり、坦俳句に目を通す機会を得た。

新年と冬の解説を受け持つため、句稿に目を通して心が騒いだ。

子は鳩を母は子を追ふ七五三

頼まれしカメラの先の七五三

昔懐かしい坦俳句の調べがそこにあった。

読み進んでいるうちに、身近に幼児を得た嬉しさが坦俳句に昔の調べを取り戻させているのだと直感した。あきらかに「孫誕生」が調べの源泉である。

小さき手に懐を貸す寒さかな

お孫さんが作中人物だとすると、坦さんの心のぬくもりが伝わってくる。

孫の絵の賀状の鳥の脚多し
すれちがふたび園児らの御慶かな

お孫さんが描いた年賀状を覗き込んで、湧いてくる微笑を抑えきれない坦さんであり、お孫さんの友達から「おめでとうございます」と挨拶して貰える嬉しさに浸っている。

雪合戦より始まりし三学期

鬼やらひ校長の鬼追はれけり

通りすがりに出会った始業式の日の校庭であろうか。記憶の中の世界では坦校長も合戦に加わっている。垣間見る学校生活に触発されて坦さんの「子ども俳句」は息づき出す。

句集『これもあれも些事』には、些事のなかに歓びと新鮮さを見つける俳人の目がある。

より簡明により暖かに子どもを詠って欲しい。

あとがき

この度第十五回「俳句四季」全国俳句大会で冨士眞奈美賞を頂きました。心より御礼申し上げます。

冨士眞奈美先生は、「初富士やこの世のこれもあれも些事」の句評で「……ウム、コレダと納得したのが「初富士や」です。伊豆の人間である私は、初富士の素晴しさをよく知っています。あの壮麗な美しさの前には、この世のこれもあれも些事。言い切った作者にお礼を言いたい気持ちです」とおっしゃって頂きました。

からまつ俳句会の由利雪二先生や取締役社長に就任された西井洋子様のおすすめもあって句集刊行に踏み切りました。句集名も『これもあれも些事』といたしました。

二十五年前の平成三年からまつ俳句会に入会、その後平成六年ホトトギス同人の故野村久雄先生に師事し六樹会を結成。先生ご逝去の後ホトトギス同人の河野美奇先生のご指導を受け、今日に至っています。

家庭は、妻と障害児教育一筋の人生を送り、長男は大学で長女は小学校で教育の道を歩んでいます。私の句はこうした家族や学校生活の人事句の多いのが特徴です。

今回句集刊行に当りまして、由利先生、河野先生、西井様はじめ多くの先生方のご指導を頂き、二十五年のささやかな成果をまとめることが出来ました。

本当にありがとうございました。

平成二十七年十二月

大石　坦

著者略歴

大石　坦（おおいし・ひろし）

昭和 8 年　静岡県榛原郡金谷町生まれ
平成 3 年　からまつ俳句会・由利雪二主宰に師事
平成 6 年　ホトトギス同人・野村久雄先生に師事
平成10年　ホトトギス同人・河野美奇先生に師事

住　所　〒112-0011　東京都文京区千石 1-22-6-502

俳句四季創刊30周年記念出版・篁シリーズ56

句集　これもあれも些事（これもあれもさじ）

発　行　平成二十八年一月二十日
著　者　大石　坦
発行人　西井洋子
発行所　株式会社東京四季出版
〒189-0013　東京都東村山市栄町二−二二−二八
電話　〇四二−三九九−二一八〇
shikibook@tokyoshiki.co.jp
http://www.tokyoshiki.co.jp
印　刷　株式会社シナノ
定　価　本体二七〇〇円＋税

ISBN978−4−8129−0819−8